AF619846

1901. Juin. 19

Dépôt Légal
N° 731
1901

Collection de Monsieur D***

TABLEAUX

DE

MONTICELLI

et autres œuvres de

Garnier, Melin, Palizzi, Veyrassat
Xavier de Cock

ET

ZIEM

Mᵉ LAIR-DUBREUIL
COMMISSAIRE-PRISEUR

M. A. BLOCHE
EXPERT

Collection de Monsieur D***

CATALOGUE

de

Tableaux Modernes

parmi lesquels

69 œuvres de Monticelli

et autres de

Garnier, Melin, Palizzi, Veyrassat
Xavier de Cock et
ZIEM

formant

la collection de Monsieur D***

et dont la vente aura lieu

HOTEL DROUOT, Salle N° 6

Le Mercredi 19 Juin 1901, à 2 heures 1/4

Mᵉ LAIR DUBREUIL COMMISSAIRE-PRISEUR *Successeur de Mᵉ Duchesne* 6, rue de Hanovre	M. ARTHUR BLOCHE EXPERT *près la Cour d'Appel* 28, rue de Chateaudun

EXPOSITIONS :

PARTICULIÈRE Le Lundi 17 Juin 1901	PUBLIQUE Le Mardi 18 Juin 1901

de 2 heures à 6 heures

LE PRÉSENT CATALOGUE SE TROUVE

à **Paris**..............	Chez Me LAIR DUBREUIL, commissaire-priseur, 6, rue de Hanovre.
	Chez M. A. BLOCHE, expert près la Cour d'Appel, 28, rue de Châteaudun.
Londres..........	Chez M. F. DAVIS, 149, New Bond Street.
Rome.......... ...	GALERIE SANGIORGI, Palais Borghèse.
Florence..........	Chez M. GALLI DUNN, 3, Piazza San Maria Novella.
Berlin	Chez M. GÉRARD VAN AAQUEN, 22, Markgrafenstrasse.
Cologne..........	Chez MM. BOURGEOIS frères, Museumplatz.
Francfort-s.-Mein	Chez MM. GOLDSCHMIDT, joailliers, 15, Kaiserstrasse.
	Chez M. ALTMANN, 3, Am Salzhaus.
Munich	Chez M. BERNHEIMER, 3, Maximilien Platz.
Amsterdam......	Chez M. J. BOASBERG, 63, Kalverstraat.

CONDITIONS DE LA VENTE

La vente sera faite au comptant.

Les acquéreurs paieront 10 o/o en sus des prix d'adjudications.

Préface

Quelle singulière destinée que celle qui fut réservée à Monticelli. Tant qu'il vécut, la masse du public ne voulut pas se rendre compte de la passion qui agitait le peintre. On le laissa dans une obscurité douloureuse, comme si son effort ne méritait pas d'être reconnu et seuls quelques amateurs avisés osèrent — car il fallait de l'audace pour en user ainsi, — l'encourager par des achats qui d'ailleurs n'étaient pas ruineux. Quand il mourut, avec la foi ardente qu'un jour son nom serait célèbre, des gens pensèrent que c'était là bien de la prétention, et en même temps que sur la bière où le grand artiste dormait son dernier sommeil on jetait la terre, beaucoup virent dans le symbole que c'était la poussière d'oubli qui allait couvrir l'œuvre en même temps que l'ouvrier. *Memento quia pulvis es et in pulverem reverteris* !

Et cependant voici que depuis quinze ans, Monticelli a conquis la gloire. Aux environs de 1886, un grand artiste, mort depuis, Lauzet, avait donné des principales œuvres du peintre marseillais une interprétation lithographique qui fut un triomphe pour le peintre et pour le lithographe. En 1900, Monticelli eut une nouvelle consécration, celle-là plus importante peut-être auprès des gens à qui il ne déplaît pas d'accorder à un artiste une attention d'autant plus bienveillante, qu'elle semble plus justifiée par des encouragements officiels. A la réunion des Sociétés des Beaux-Arts des départements dont les sessions sont convoquées à Paris par le Ministre de l'Instruction publique et des Beaux-Arts, Monticelli eut les honneurs d'une lecture. M. Bouillon-Landais lui consacra des pages émues qui furent très applaudies. Désormais, on pouvait avouer avec une certaine fierté les œuvres qu'on possédait du peintre marseillais. Tant que des critiques furent seuls à répéter que Monticelli était un talent rare, un coloriste de race, un véritable amoureux de belles notes émaillées, un sensitif éperdument épris de lumière et de soleil, un imaginatif qui trouvait un ravissement de tous les instants à invoquer les personnages de l'élégance féodale immobilisées dans l'éternité des anciennes tapisseries, on ne les écouta que d'une oreille distraite et l'on ne se fit pas faute de les taxer d'exagération. Mais du jour où dans une enceinte officielle on eut raconté la vie du peintre, les sourds crièrent qu'ils avaient entendu et les aveugles qu'ils avaient vu.

Aussi une vente de tableaux de Monticelli marque-t-elle désormais comme un événement. Celle dont le catalogue suit ces lignes ne refroidira pas ce bel enthousiasme. On y trouvera, avec les scènes familières dans l'œuvre de Monticelli, des portraits d'une extraordinaire brutalité d'exécution, mais des portraits qui devaient dire avec une absolue et franche sincérité l'image et l'âme des modèles. Et ce n'est pas un des moindres mérites de cette réunion d'œuvres que de nous faire connaître plus complètement l'une des faces les plus farouches, si je puis m'exprimer ainsi, du talent plein de sève et de robustesse de Monticelli.

Il est tout entier, avec ses côtés d'homme élevé en face de la nature, dans ces pages que l'on se gardera d'examiner à la légère. Il s'y laisse pénétrer, il se fait comprendre, il se livre avec une prodigalité qui est toute à l'éloge de sa mémoire. « La vie de cet artiste, a écrit M. Bouillon-Landais, fut celle d'un honnête homme. On peut dire qu'il a fait mentir le proverbe qui affirme qu'on s'enrichit en payant ses dettes ; il n'en eut jamais ; en revanche, il a toujours été sans le sou ; il n'a pas connu la haine, et l'envie a passé près de lui sans le toucher. Son existence a toujours été remplie par des jouissances intellectuelles ; peindre, toujours peindre, rien pour lui n'existait au-delà ; il allait ainsi, suivant sa route, sans se mêler à rien.

« On peut dire que la vie de notre artiste a eu trois phases : de vingt à trente, c'est la jeunesse, la croyance en soi, l'illusion ! C'est l'époque ou Monticelli combat à outrance la science enseignée à l'école, c'est le devoir quand même, l'étude limpide du clair, de la demi-teinte, de l'ombre, du reflet et même de la pénombre ; il n'y croit pas, mais il en subit l'influence et c'est ce qui a fait de lui un artiste de premier ordre. Il savait mettre ensemble les diverses parties du corps humain. Il le savait plus que certains coloristes: on retrouve cette science dans ses moindres ébauches, où l'on voit très bien que leur merveilleux coloris s'appuie sur un dessin juste. Quant au métier proprement dit, il l'avait longuement cherché, et ses tâtonnements sont nombreux ; je l'ai vu peindre au couteau, à l'éponge, et quelquefois presser le tube de couleur directement sur la toile ou le panneau. Il est avant tout coloriste : j'ai causé avec lui assez souvent, pour affirmer qu'il n'avait pas lu la grammaire des arts de Charles Blanc, ni les admirables démonstrations de Fromentin sur les complémentaires ; mais il avait ce que l'on appelle le *don ;* il était né coloriste et ses œuvres montrent qu'il l'était extraordinairement... » Ses panneaux en effet frappent tout d'abord par l'exubérance, l'éclat, la fougue de l'exécution : des coulées énormes de pâte généreuse plutôt que de véritables touches, si larges qu'elles soient, des plaquages puissants d'émaux rutilants, heurtés et d'une harmonie prodigieusement riche et sonore.

Mais voilà, il faut savoir regarder. Il faut chercher l'accord de l'œuvre, des yeux, de l'esprit et de la lumière. Et l'on distingue alors la féerie qui se dégage du réel : feuillages touffus, châtelaines en robes de soie et corsages de satin, falbalas onctueux et multicolores, seigneurs aux somptueux costumes, avec les lourdes épées aux lames damasquinées, aux poignées ciselées, bavardages étourdis de femmes aux carnations resplendissantes de la double splendeur de la nature et de leur jeunesse, contes langoureux et voyages accidentés au pays du Tendre, paons constellés de gemmes, nobles lévriers, cygnes d'albâtre, etc. Et toujours, enveloppé de l'harmonie même qu'ils composent, suivant que les formes sont plus ou moins déterminées, toujours, c'est un enchantement où l'on se laisse aisément bercer, sans souci des contours noyés, et noyé soi-même dans le rêve et la fantaisie charmée.

Et maintenant il ne nous reste rien à dire, sinon que près de quatre-vingt œuvres de Monticelli vont être dispersées. Mais elles trouveront, on peut en être convaincu, des amateurs mieux disposés que par le passé à les comprendre et à les aimer.

L. ROGER-MILES.

Œuvres de Monticelli

1. — **Les Cygnes.**

Au bord de l'étang, des jeunes femmes et des gentilhommes se sont arrêtés pour donner à manger à deux cygnes qui devant eux se pavanent sur l'eau. Au fond, on aperçoit la silhouette d'un château dont l'architecture pittoresque s'harmonise sur un fond de ciel sombre où domine un bleu d'outre-mer émaillé. A droite, deux chiens vus de profil, le col tendu, semblent trouver peu de distraction au plaisir des cygnes.

Signé à droite en bas: Monticelli.

Panneau. — Haut. : 44 cent. ; Larg. : 60 cent.

2. — Les belles compagnes de Straparole.

Dans le bois où le joyeux conteur vient chercher son inspiration, les belles filles sont assises et causent.

A droite, sur des pierres en guise de bancs, l'une vêtue de bleu, et blonde comme un rayon d'avril, semble intéresser fort sa voisine aux cheveux fauves et vêtue d'un costume où le jaune et le rouge s'harmonisent. Près d'elle, deux autres jeunes femmes semblent attentives à ce que dit un personnage debout derrière elles, le haut du corps penché en avant. Plus loin une autre femme tourne la tête et semble s'isoler. Vers la gauche, deux jeunes filles s'éloignent pour le secret d'une confidence. L'une est vêtue de gris clair, l'autre de bleu foncé. Et dans les branches aux feuilles rouillées, l'été chante ses plus gaies fanfares, tandis que le ciel, entre les frondaisons, apparaît chaud et émaillé, plein de lumière et d'azur.

Signé à gauche en bas : Monticelli.

Panneau. — Haut. : 24 cent.; Larg. : 34 cent.

Monticelli

Les belles Compagnes de Straparole

3. — **Le Courrier.**

Le courrier venant d'arriver, mais un courrier comme on en avait aux époques du rêve féodal imaginé par Monticelli, c'est-à-dire le page élégant, arrivant avec une escorte, au galop de chevaux de race, pour porter aux belles qui dès longtemps les attendent sur le seuil, les billets galants où il est parlé de serments éternels et de tendresses prochaines. Et voici que penché sur l'encolure de son cheval blanc, vu de profil, le courrier à la mission aimée distribue ses plis. Elles sont quatre jeunes femmes qui le regardent et lui parlent. L'une en toilette vert émeraude, l'autre en jupe jaune. La troisième en robe rouge, la quatrième, vue de dos, portant sur ses épaules à demi découvertes un manteau de peluche oreille-d'ours. Derrière elles, deux épagneuls sont arrêtés. Ces figures, sur qui le peintre a versé toute une joie de couleur, se détachent, à gauche sur le fond d'un perron aux pierres vieilles, à droite, sur un pan de ciel d'azur émaillé et de frondaisons quelque peu roussies par le soleil.

Signé à droite en bas : Monticelli.

Panneau. — Haut. : 48 cent. ; Largeur : 60 cent. 1/2.

4. — Le Spleen de la petite princesse.

Elle est assise, elle s'ennuie. Ses compagnes vainement cherchent à la distraire. Et pourtant, autour d'elle, on a réuni tout ce qui pouvait égayer son âme douloureuse et futile. A droite, un joueur de luth dont les chiens écoutent la mélodie avec calme. A gauche, un groupe d'enfants prêts à danser, les mains chargées de guirlandes de fleurs. Sur l'accoudoir du trône où demeure la princesse, un fou aux maigreurs diaboliques, qui s'épuise en grimaces vaines. A gauche, dans l'ombre, une femme plus âgée qui assiste, inquiète, à ce long effort pour ramener la joie sur le visage de l'enfant aimée.

Signé à droite en bas : Monticelli.

Panneau. — Haut. : 44 cent. ; Larg. : 60 cent.

5. — Roses blanches, Soucis et Mimosas.

Dans un vase de grès posé sur une table, le peintre, en magicien de la couleur, a arrangé des soucis, des roses blanches, des mimosas, qui chantent sur la verdure des feuilles comme des perles d'or, des coquelicots rutilants, des giroflées, etc...

Délicieux régal de couleur.

Signé à gauche en bas : Monticelli.

Panneau. — Haut. : 54 cent. ; Larg. : 39 cent.

6. — Le rocher de la Réserve.

Au milieu du flot bleu, les roches émergent brutales sous la grande clarté du soleil. Dans une passe, à droite, un bateau s'est engagé, monté par deux pêcheurs. Au fond, plus haut que des nuages sombres, le ciel s'illumine de la grande féerie du soleil.

Signé à gauche en bas : Monticelli.

Panneau. — Haut. 32 cent. ; Larg. : 45 cent.

7. — L'Église de Saint Maximin, dans le Var.

Dans la nef aux voûtes envolées, le soleil à travers les vitraux met sa poussière d'or, et dans la pénombre voici les figures des femmes en prières. A droite, à gauche, au fond, tournées vers l'autel, dans leurs vêtements aux couleurs vives, elles semblent de mystérieuses fleurs vivantes inclinées devant l'idéal divin ; et c'est un grand silence dans ce vaisseau à l'architecture majestueuse, ce silence qui ne semble troublé que par des bruits d'ailes, par le souffle des âmes...

Signé à gauche en bas : Monticelli.

Toile. — Haut. : 43 cent. ; Larg. : 36 cent.

8. — Jalousie.

Toutes deux, seules au fond du bois, discutent vivement sur des intérêts de cœur. Tandis que l'une, les bras chargés de fleurs, s'en allait heureuse, toute inspirée d'amour, l'autre arrive furieuse et jalouse, les yeux chargés d'éclairs, la main prête à la menace. L'une des femmes vue de dos est vêtue d'un costume grenat à reflets rouges, l'autre d'un costume clair mêlé de vert et de jaune, dont le corsage est amplement décolleté. Au fond un grand ciel bleu d'outre-mer.

Signé à droite en bas : Monticelli.

Panneau. — Haut. : 49 cent. : Larg. : 34 cent.

9. — Le Soir sur la Terrasse.

Une princesse et ses deux suivantes prennent le frais, le soir, sur une terrasse. A gauche, un personnage porte un grand écran derrière le groupe de deux jeunes femmes. A droite, l'une des compagnes interroge une fleur, tandis que son chien se tient attentif auprès d'elle. A l'horizon, le ciel est tout ambré de lumière chaude : c'est le soleil qui se couche, laissant à découvert quelques pans de ciel d'un bleu profond.

Signé à droite en bas : Monticelli.

Panneau. — Haut. : 31 cent. ; Larg. : 49 cent.

10. — Ballade au clair de la Lune.

Sur l'eau profonde, la gondole glisse rapidement, obéissant au geste violent d'un rameur. Les aimées sont à l'avant, silencieuses, et émues par le spectacle magique qui évolue sous leurs regards. A l'arrière, des musiciens font chanter les cordes des guitares et des mandolines. Dans le ciel, c'est la clarté confuse de la nuit qui s'achève et du jour qui voudrait poindre.

Signé à gauche en bas : Monticelli.

Panneau. — Haut. : 26 cent. ; Larg. : 49 cent.

11. — Les Petits Enfants.

Près de la source, les enfants vont se baigner. Ils ont jeté bas leurs vêtements, et leurs chairs potelées et roses s'exposent à la vue de tous. Ils jouent avant de se mettre à l'eau, et les jeunes femmes qui les gardent semblent les admirer. Une fillette, à gauche, ne semble guère rassurée par les aboiements de deux épagneuls qu'un groupe de trois autres enfants agacent. A droite, l'eau qui réfléchit le travail d'architecture qui la borde.

Signé à droite en bas : Monticelli.

Panneau. — Haut. : 41 cent. ; Larg. : 63 cent.

12. — Personnage Louis XIII.

Il est vu jusqu'au mi-corps de trois quarts à gauche, Ses cheveux bruns descendent en boucles sur les épaules. Sur sa cape marron il porte un col de batiste rabattu et demi empesé. Il a la moustache fine et une barbiche en pointe. Le nez a de la volonté, les lèvres sont sensuelles, les yeux sont baignés de mélancolie. Le front est découvert et intelligent, le teint est légèrement pâle.

Pour faire ce portrait, Monticelli avait fait poser un de ses amis, M. Viola, artiste peintre.

Signé à gauche en bas : Monticelli.

Toile. — Haut.: 60 cent. 1/2 ; Larg. : 50 cent.

Monticelli

Personnage Louis XIII.

13. — La marchande de tou-cao.

Elle est assise, vue de trois quarts à droite, tenant sur ses genoux sa corbeille de gâteaux. Sa figure encadrée de longues tresses bouclées et fauves se détache sur un pan de mur ensoleillé. Elle est vêtue d'une jupe verte, d'un corsage aux manches rouges, d'un fichu blanc et porte sur la tête une coiffe blanche. A gauche une épaisseur d'arbres.

L'œuvre est peinte avec une extraordinaire vigueur de tons et un sens profond d'harmonie.

Signé à gauche en bas : Monticelli.

Panneau. — Haut.: 51 cent.; Larg. : 40 cent.

14. — Conférence.

Elles sont deux dans le fond d'un parc : l'une en jupe bleue et robe violacée, l'autre en costume rouge, et elles échangent des confidences qui mettent dans leurs regards de la mélancolie.

Signé à gauche en bas : Monticelli.

Panneau. — Haut. : 30 cent. ; Larg. : 20 cent. 1/2.

15. — La convalescente.

La jeune femme, qui renait à la vie a été conduite à l'entrée du bois. Deux de ses compagnes sont assises à côté d'elle, attentives et affectueuses. L'une à droite, est vêtue de rouge; l'autre à gauche, est vêtue de blanc et de bleu. A gauche également, un groupe de deux autres jeunes femmes se tient debout. A droite, une sixième figure, debout également, dessine son profil élégant sur la profondeur sombre du bois. A gauche, dans le ciel d'azur, s'envolent de grands nuages bordés de lumière.

Signé en bas à gauche et à droite : Monticelli.

Panneau. — Haut. : 36 cent.; Larg. : 46 cent.

16. — Les fleurs des champs.

Sur le marbre d'une console, on a posé un vase émaillé de bleu et rempli de fleurs des champs, marguerites, géraniums, trèfle sauvage, etc.

Signé à droite en bas : Monticelli.

Panneau. — Haut. : 61 cent. ; Larg. : 45 cent. 1/2.

17. — **La Commère au bracelet.**

Elle est vue de trois quarts, presque de face, assise, les mains, les poignets, les oreilles, le cou chargés de bijoux. Elle est vêtue de noir, pléthorique et alourdie par l'âge ; le menton est porté sur un pli gras du cou. La bouche est fine encore et pincée, le nez est large, les yeux ont de l'intelligence sans esprit. Les cheveux chatain clair sont coiffés d'un bonnet de dentelle blanche à rubans bleus dont les brides sont nouées sous le menton. C'est là l'image d'une personne *cossue* et satisfaite, à qui le talent plein de force du peintre a fait don d'un peu de lumière qui dure. Œuvre très remarquable.

Signé à droite vers le milieu : A. Monticelli.

Toile de forme ovale. — Haut. : 101 cent. ; Larg. : 80 cent.

18. — **Jeunes femmes dans un parc.**

La figure de droite est en pleine lumière et se détache par contraste sur un fond de ciel d'une incroyable richesse d'émail.

Signé à gauche en bas : Monticelli.

Panneau. — Haut. : 45 cent. 1/2. ; Larg. 57 cent. 1/2.

19. — La femme au bonnet bleu.

Elle est assise, vêtue de noir, les mains posées naturellement sur les genoux et retenant un éventail, les doigts disjoints. Elle est vêtue de soie noire ; des manchettes de dentelles sortent de la manche élargie au poignet. Un bracelet d'or brille au bras gauche, une bague à cabochon à l'annulaire de la main gauche. Un camée ferme le corsage. Le visage apparaît presque de face, encadré de bandeaux encore noirs, coiffé d'un bonnet de dentelle et de rubans bleus. Les chairs sont traitées avec une ampleur et une liberté admirables.

Signé à gauche vers le milieu : Monticelli, 1875.

Toile de forme ovale. — Haut.: 100 cent.; Larg. : 79 cent.

Monticelli

Imbre Marty Imp

La Femme au bonnet bleu

20. — L'Entrée de François Ier à Marseille. — (Un coin de Cavalcade sur les allées de Meilhan, 1861).

Sous les balcons encombrés de spectateurs, les cavaliers passent dans leurs costumes bariolés, portant au bout de longues perches, les récipients d'étoffes en forme d'entonnoirs où le public jette ses aumônes. Les chevaux sont d'une construction solide et d'une performance robuste.

Les costumes chantent vigoureusement sur le ciel d'azur tout baigné de lumière.

Signé à droite en bas: Monticelli.

Panneau. — Haut. : 34 cent. 1/2 ; Larg. : 47 cent. 1/2.

21. — Le Chemineau.

Il est debout, de profil à gauche, sa besace pesant à l'épaule, les genoux fléchissant sous la fatigue. Derrière lui, un mur. Dans le ciel à gauche, des nuées d'orages.

Signé à gauche en bas : Monticelli.

Panneau. — Haut. : 26 cent. ; Larg. : 22 cent. 1/2

22. — Le Message.

Le vieux compagnon d'armes du chevalier s'en fut dans le bois où il savait rencontrer les deux belles. Il était chargé d'un message dont il connaissait la teneur et comme cette teneur n'était rien moins qu'agréable, il se fait bonhomme et attendri. Pour l'instant, debout, accompagné de ses chiens, il fléchit un peu par l'âge. Devant lui, avec une expression de douleur vive, une jeune femme aux falbalas blancs et rouges, après avoir connu ce qu'on lui faisait dire, interroge la fleur qui parlera peut-être dans le sens rêvé, et pour distraire l'attention de la suivante, le messager lui présente un iris sombre, la fleur des espoirs perdus qu'on ne rattrape pas...

Œuvre d'un très bel éclat.

Signé à droite en bas : Monticelli.

Panneau. — Haut. : 43 cent. ; Larg. : 60 cent.

23. — Le Médaillon.

Dans l'épaisseur du bois, deux jeunes femmes se promènent au bras l'une de l'autre. Celle de gauche, dont le profil délicieux apparaît sur l'épaisseur des frondaisons est vêtue de gris et de blanc. Elle a des fleurs dans ses cheveux blonds et son épaule est largement découverte. La jeune femme de droite est vue de dos, en robe oreille d'ours, au corsage décolleté. Elle tient de la main droite un médaillon qu'elle doit contempler avec tristesse. Derrière elle, un petit chien se dresse, attentif d'ailleurs aux bruits de la forêt.

Signé à gauche en bas : Monticelli.

Toile. — Haut. : 39 cent. ; Larg. : 27 cent.

24. — Géraniums et roses.

Les fleurs cueillies le matin, roses de Marseille, géraniums, marguerites, œillets, ont été disposées dans un vase de faïence bleue placé au soleil sur un coin de meuble.

Signé à droite en bas : Monticelli.

Panneau. — Haut. : 66 cent. ; Larg. : 45 cent. 1/2.

25. — Portrait de M. Rouland.

Il est assis dans un fauteuil de trois quarts à droite. La tête est franche, tournée presque de face, les lèvres rouge vif, apparaissant sous les moustaches grisonnantes, les traits accentués, les cheveux courts et quelque peu en désordre, le front amplement modelé. Au-devant du col blanc rabattu, une cravate, noire comme le vêtement. Sur le gilet, un médaillon d'agate : L'avant-bras s'affine sur l'accoudoir, la main, les doigts fermés, joue du pouce avec la chaîne de montre. Une rosette discrète fait une saillie sur la boutonnière. La figure, exécutée avec cette liberté où Monticelli puisait sa joie des pâtes, se détache vigoureuse sur un fond uni et sombre.

Signé à gauche vers le bas : Monticelli.

Toile. — Haut. : 102 cent. ; Larg. : 84 cent.

Monticelli

Portrait de M. Rouland

26. — Jeunes femmes dans un parc.

Toutes les deux sont debout au bas d'un perron : l'une est vêtue de grenat, l'autre de vert antique. Toutes les deux sont fleuries et leur silhouette se détache vivement sur un fond sombre qui s'éclaire de bleu d'outre-mer.

Signé à gauche en bas: Monticelli.

Panneau. — Haut. : 50 cent.; Larg. : 34 cent. 1/2.

27. — Le buveur.

Signé à droite en bas : Monticelli.

Panneau. — Haut : 48 cent.; Larg. 33 cent. 1/2

28. — « Vive le roi. »

Signé à gauche en bas : Monticelli.

Panneau. — Haut. : 30 cent. ; Larg. : 21 cent.

29. — **A la Fontaine.**

An fond de parc, les promeneuses se sont arrêtées près de la fontaine dont l'eau s'échappe par un édicule qui s'élève à gauche. L'une, au milieu, s'abrite sous une ombrelle. Une autre, à droite, s'efforce avec son éventail de se donner un peu d'air. Au milieu, une figure vêtue de rouge semble assidue auprès de la princesse à l'ombrelle. Les chiens eux-mêmes ont l'air de souffrir de la chaleur. Les figures se dessinent sur un fond de bois épais.

Signé à gauche en bas : Monticelli.

Panneau. — Haut. : 41 cent. ; Larg. : 52 cent.

30. — **Le rendez-vous de chasse.**

A gauche, le jeune seigneur est monté sur son cheval noir, et près de lui une noble dame se tient en selle sur sa haquenée blanche. A droite un piqueux de chiens sonne de la trompe.

Signé à gauche en bas : Monticelli.

Panneau — Haut.: 32 cent.; Larg.: 47 cent.

31. — **L'Adieu.**

Dans l'écartement des branches on aperçoit le cheval qui piaffe et les gens de l'escorte. A droite, trois jeunes femmes assistent au départ dans une attitude de convenance attristée. Près d'elles, un petit enfant nu semble jouer un rôle d'amour désarmé. A gauche, un personnage en costume orange et rouge retient les chiens. Au milieu, une jeune femme en blanc, mélancolique, et tendre, laisse poser sa tête sur l'épaule de l'aimé qui lui-même, en cette heure cruelle, se laisse aller à une expression de mélancolie. Dans le ciel, on aperçoit de grands nuages lumineux planant au-dessus de l'azur profond.

Signé à gauche en bas : Monticelli.

Panneau. — Haut. : 39 cent. ; Larg. : 64 cent.

32. — **La vassale aux temps féodaux.**

Les figures, d'une majestueuse élégance, se dessinent sur un fond de soleil couchant et de ciel d'outre-mer d'une éclatante magie.

Panneau. — Haut.: 30 cent. 1/2 ; Larg. : 53 cent. 1/2.

33. — **Les Marguerites.**

Sur une table couverte d'un tapis de tapisserie, un vase : dans le vase une gerbe de fleurs des champs où dominent les marguerites, les géraniums et les giroflées.

Signé à droite en bas : Monticelli.

Panneau. — Haut. : 69 cent. ; Larg. : 48 cent.

34. — Le sentier dans le bois.

A droite, vêtue d'une jupe foncée et d'une casaque rouge, une jeune femme est arrêtée. A gauche sous l'ombre des branches, on aperçoit au fond deux jeunes femmes qui s'avançent en causant. L'une est vêtue d'une robe marron grenat, l'autre d'un costume vert. Le soleil parfois accroche aux frondaisons de belles larmes de lumière.

Signé à droite en bas : Monticelli.

Panneau. — Haut.: 45 cent. 1/2; Larg. : 34 cent.

35. — Montagnes de Cassis.

Sous le ciel d'azur vivement éclairé où passent des nuages fauves, la montagne s'élève, le sol fruste parmi les verdures brûlées par le soleil. Au premier plan, un coin de vallée.

Signé à gauche en bas : Monticelli.

Toile. — Haut.: 43 cent. ; Larg. : 72 cent.

36. — La Visite.

Une jeune femme en grands falbalas et un noble gentilhomme, le col enserré dans une fraise, viennent d'arriver au château : la chatelaine qui les reçoit, accompagnée de sa suivante, leur indique le perron qu'elles vont monter ensemble, avec un geste d'une belle élégance. Les arbres ont des frondaisons épaisses et le ciel est comme émaillé.

Signé à gauche et à droite en bas : Monticelli.

Panneau. — Haut. : 30 cent. ; Larg. 53 cent.

37. — Le château du Plessis.

Un bois : les frondaisons montent vers le ciel, portant l'orfèvrerie des feuilles dorées par le soleil. Une éclaircie se dessine au premier plan, recevant les ondées chaudes de la lumière. Au fond, au milieu, sous l'ombre discrète, des femmes sont assises ou debout, en costumes noir, rouge, vert et blanc. A gauche en haut, un coin de ciel plombé de chaleur.

Signé à gauche en bas : Monticelli.

Panneau. — Haut. : 65 cent. 1/2 ; Larg. : 50 cent.

38. — Mireille.

Assise, la tête légèrement penchée de trois quarts à droite, le regard caressant, la bouche grande, le nez fort. Elle est vêtue d'un costume marron et ses cheveux fauves sont relevés en chignon. Elle est vue jusqu'à mi-corps.

Signé à droite vers le bas : Monticelli.

Toile. — Haut. : 61 cent. ; Larg. : 49 cent.

39. — Endoume (Marseille).

Signé à droite en bas : Monticelli.

Panneau. — Haut. : 37 cent. ; Larg : 48 cent.

40. — La « Belle bouquetière ».

Signé à gauche en bas : Monticelli.

Panneau. — Haut. : 37 cent. 1/2; Larg : 23 cent.

41. — La chasse au faucon.

A droite, une jeune femme sur un cheval gris pommelé vu de profil, le poing gauche levé pour le lâcher de l'oiseau. A gauche, un cavalier en selle vu de dos se tourne vers la jeune femme et l'admire sans doute. Leurs figures se détachent sur le fond épais d'une forêt.

Signé à droite en bas: Monticelli.

Panneau. — Haut. : 28 cent. 1/2 ; Larg. : 41 cent.

42. — Confidence.

Debout, près d'une jeune femme en robe de velours grenat et coiffée d'une toque de velours vert sur ses cheveux blonds, un gentilhomme écoute les confidences que lui fait la belle. Derrière eux, un buisson de fleurs et la profondeur d'un bois.

Signé à droite en bas: Monticelli.

Panneau. — Haut.: 51 cent.; Larg : 34 cent. 1/2.

43. — Le petit souper.

Dans la salle au décor somptueux, des abbés galants sont réunis, assis autour d'une table copieusement servie et qu'éclairent des bougies.

(Scène inspirée par une page de Casanova).

Signé à droite en bas : Monticelli.

Panneau. — Haut. : 44 cent. ; Larg. : 60 cent.

44. — « Chagrin d'amour... »

L'une s'en vient, la tête baissée, le cœur plein de sanglots, écoutant distraitement sa compagne, belle également, qui la console, qui sait ? peut-être en lui contant des peines aussi...

Signé à gauche en bas : Monticelli.

Panneau. — Haut. : 31 cent.; Larg. : 20 cent.

45. — Le pont de la Fausse-Monnaie (route de la Corniche) à Marseille.

Quelques personnages contemplent le soleil couchant sur la mer aux vagues brutales.

Signé à droite en bas : Monticelli.

Panneau. — Haut. : 26 cent.; Larg. : 41 cent.

46. — Le Chêne dans les rochers.

Signé à droite en bas; Monticelli.

Panneau. — Haut. : 48 cent.; Larg. : 37 cent.

47. — Le plan d'Aubes (Var).

Signe à gauche en bas : Monticelli.

Panneau. — Haut. : 18 cent.; Larg. : 43 cent.

48. — L'Idylle interrompue.

Très joli petit tableau d'une composition expressive et d'une couleur essentiellement harmonisée.

Signé à droite en bas : Monticelli.

Panneau. — Haut. : 22 cent. 1/2 ; Larg. : 34 cent.

49. — Jeune femme dans un bois.

Signé à droite en bas : Monticelli.

Toile marouflée sur panneau. — Haut. : 37 cent. ; Larg. : 28 cent.

50. — La part du chat.

Signé à droite en bas : Monticelli.

Panneau. — Haut. : 19 cent. ; Larg : 32 cent.

51. — La femme au panier fleuri.

Signé à droite en bas : Monticelli.

Panneau. — Haut. : 38 cent. ; Larg. : 23 cent. 1/2.

52. — Coquetterie.

Signé à gauche en bas : Monticelli.

Toile. — Haut. : 39 cent. ; Larg. : 27 cent.

53. — La femme au miroir.

Signé à gauche en bas : Monticelli.

Panneau. — Haut. : 35 cent. 1/2 ; Larg. : 28 cent.

54. — « Faites le beau ».

Signé à droite en bas : Monticelli.

Panneau. — Haut. : 30 cent. ; Larg. : 21 cent.

55. — Paysage avec bonne d'enfants et militaire.

Signé à gauche en bas : Monticelli.

Panneau. — Haut. : 42 cent. 1/2 ; Larg. : 31 cent.

56. — Portrait du Dr Colin, ancien médecin de la marine.

Vu jusqu'à la poitrine, la tête presque de face, menton rond entre de longs favoris blonds, les yeux brillants derrière les verres d'un lorgnon.

Signé à gauche en bas : Monticelli.

Toile. — Haut. : 46 cent. ; Larg. : 38 cent.

57. — Le repos au fond du parc.

Signé à droite en bas : Monticelli.

Panneau. — Haut. : 41 cent. ; Larg. : 29 cent.

58. — La princesse souriante.

Signé à gauche en bas : Monticelli.

Panneau. — Haut. : 24 cent. ; Larg. : 18 cent.

59. — La visite du chevalier.

Signé à droite en bas : Monticelli.

Panneau. — Haut. : 21 cent. ; Larg. : 34. cent.

60. — La femme à la jupe bleue.

Signé à gauche en bas : Monticelli.

Panneau. — Haut. : 45 cent. ; Larg. : 22 cent. 1/2.

61. — Le passage du gué.

Signé à droite en bas: Monticelli.

Panneau. — Haut.: 39 cent. ; Larg. : 68 cent.

62. — Les petits dénicheurs de nids.

Signé à droite en bas : Monticelli.

Toile. — Haut. : 39 cent. ; Larg. : 28 cent. 1/2.

63. — Le bain des Nymphes.

Signé à droite en bas : A. Monticelli.

Panneau. — Haut. : 24 cent. ; Larg. : 37 cent.

64. — Léda.

Signé à droite en bas : Monticelli.

Panneau. — Haut. : 42 cent. 1/2 ; Larg. : 29 cent.

65. — Méphisto et Marguerite.

Signé à droite en bas : Monticelli.

Panneau. — Haut. : 33 cent. ; Larg. : 22 cent. 1/2

66. — Femmes assises sur un banc.

Signé à droite en bas : Monticelli.

Panneau. — Haut. : 30 cent. ; Larg. : 21 cent 1/2.

67. — La Romance.

Signé à droite en bas : Monticelli.

Panneau. — Haut. : 23 cent. 1/2 ; Larg. : 19 cent.

68. — Au temps du Carnaval.

Signé à droite en bas peu distinctement.

Panneau. — Haut. : 19 cent. ; Larg. : 32 cent. 1/2.

69. — Scène allégorique : Divertissement.

Panneau. — Haut. : 45 cent. ; Larg. : 88 cent.

TABLEAUX

par divers Artistes

MAURICE BOMPARD.

70. — **Femmes au balneum.**

Esquisse.

Signé à droite en bas : Bompard.

Panneau. — Haut. : 26 cent. ; Larg. : 17 cent.

XAVIER DE COCK.

71. — **Les enfants et les chèvres au bord d'une mare.**

Signé à droite en bas : Xavier de Cock, 1872.

Panneau. — Haut. : 26 cent. 1/2 ; Larg. 35 cent. 1/2.

ÉCOLE FLAMANDE.

72. — Cavaliers dans un défilé.

Peinture de forme ovale appliquée sur cuivre.

Haut. : 16 cent.; 1/2. Larg. : 22 cent.

ÉCOLE FRANÇAISE.

73. — Nymphes déposant leur offrande à Vénus.

Toile. — Haut. : 63 cent. 1/2. ; Larg. : 47 cent.

GARNIER

74. — Les Blés d'or.

Panneau décoratif.

Signé à gauche en bas : Garnier.

Toile. — Haut. : 100 cent. ; Larg. : 150 cent.

J. MELIN

75. — La Meute dans la forêt.

Signé à droite en bas : J. M.

Toile. — Haut. : 24 cent. ; Larg. : 33. cent.

PALIZZI

76. — Moutons au pâturage.

Signé à droite en bas : P. Palizzi.

Panneau. — Haut. : 40 cent. ; Larg. : 32 cent.

VEYRASSAT

77. — Au temps de la moisson.

Esquisse

Signé à droite en bas, J. V.

Toile. — Haut. 16 cent. 1/2 ; Larg. : 33 cent. 1/2.

X****

78. — Portrait de femme debout.

Toile. — Haut. : 129 cent. ; Larg. 97 cent.

ZIEM

79. — Lever de soleil sur l'Adriatique.

Au fond, à droite, les dômes, grisés sous la lumière qui monte ; des barques sont à l'attache le long du quai. A gauche, au fond également, d'autres barques, un autre quai et un dôme. Sur l'eau bleue frissonnante, un bateau, les voiles gonflées, se dirige vers la droite. Dans les premiers plans, à droite, un topo-pêcheur à ligne de fond va toucher le bord. Il est monté par des rameurs et plusieurs autres personnages. Dans le ciel, le soleil monte, emplissant l'atmosphère d'un poudroiement d'or. Et c'est comme un écran de gaze blonde déployé sur le fond du ciel d'azur.

Signé à gauche en bas : Ziem.

Toile. — Haut. : 55 cent. ; Larg. : 78 cent.

Ziem

Lever de Soleil

IMP.
ANDRÉ MARTY
25, RUE LOUIS-LE-GRAND
PARIS

www.ingramcontent.com/pod-product-compliance
Ingram Content Group UK Ltd.
Pitfield, Milton Keynes, MK11 3LW, UK
UKHW021655260726
13994UKWH00003B/1480